그때 뽑은

흰머리

지금 아쉬워

그
때
뽑
은

흰
머
리

지
금
아
쉬
워

포레스트북스

실버 silver

일본식 영어로 '노년 세대'를 뜻한다. 머리가 백발(실버)이 되는 것에서 따온 단어로, 일본 철도의 노약자석인 '실버 시트'가 그 어원이다. 풍부한 경험을 쌓아왔으며 다양한 분야에 정통하다고 여겨지는 세대지만, 한편으로는 나이 듦에 따라 몸과 마음이 쇠약해져 괴로워하는 경우도 많다. 용례로 실버 시트, 실버 에이지, 실버 인재 센터 등이 있다.

1
부

동창회 날엔

졸업 앨범 가져가

얼굴 인증 필수

실버맨 · 남성 · 시가현 · 일흔 살

저승

 저승

AI에게 저세상 가는 길 물어본다

안도 가즈아키 · 남성 · 나가노현 · 서른여덟 살

자기소개 때
돌아가며 말한다
이름 고향 취미 지병

낫케우·남성·교토부·예순한 살

다섯 시 기상
일곱 시 산책하고
아홉 시 낮잠

반쿠마·남성·이바라키현·예순여섯 살

기사보다도 *간식이 더 궁금한 장기 대회 날

가지 · 남성 · 도쿄도 · 일흔여섯 살

* 일본 프로 장기 대회에서는 대국 중간에 간식을 먹는 것이 일반적이고, 기사들이 선택한 간식이 화제가 되기도 한다.

이를 어쩌나

이제는 옛 추억도

기억 안 나네

호두 · 여성 · 오사카부 · 일흔다섯 살

허락도 없이
근무지 이탈하는
내 머리카락

와카마쓰 도모미 · 여성 · 가나가와현 · 쉰두 살

손주의 숙제

고위험 아르바이트

몰래 건네받은

아마와·남성·군마현·예순다섯 살

손주 이름은
흥민이로 하자꾸나
연아 아니면

아오짱·여성·도쿄도·쉰 살

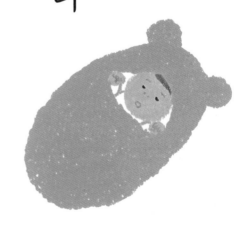

미니멀 라이프 한다며
버릴 물건 목록에
내 이름 적지 마

고바야시 아키히로 · 남성 · 나가노현 · 예순아홉 살

면허증 대신
남편을 *자진 반납
하고 싶어라

하루루 · 여성 · 도쿄도 · 일흔 살

* 고령자 운전면허 자진 반납 제도를 말함.

코로나처럼
아내도 몇 번이나
변이했구나

폰타 · 남성 · 효고현 · 예순여섯 살

모든 얼굴이
사기꾼처럼 보이는
인터폰 화면

이하라 리미코 · 여성 · 도쿄도 · 일흔한 살

저세상 차원

화장실 가는 횟수

일흔 지나니

소메카와 소메유키 · 남성 · 기후현 · 일흔한 살

이 나이 되니
하느님도 부처님도
내 옆에 있네

누에콩 · 여성 · 가나가와현 · 예순 살

누구신지요?
마스크 벗으니까
더 모르겠구나

다케우치 데루미 · 여성 · 히로시마현 · 예순일곱 살

「국장까지는 치를 필요 없다」 유서에 쓴다

스기얀·남성·아이치현·예순다섯 살

수목장할 땐 *삼나무 편백나무 빼고 해다오

아이노 다다시·남성·오사카부·일흔세 살

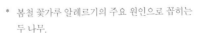

* 봄철 꽃가루 알레르기의 주요 원인으로 꼽히는
두 나무.

처음 간 사우나
힐링을 원했건만
부정맥 왔다

후쿠나가 게이코 · 여성 · 홋카이도 · 쉰여섯 살

아픈데 찾으니
여기저기거기
어라 전부네

겐짱 · 여성 · 기후현 · 쉰아홉 살

재활 치료 중
꼴찌는 면하려고
죽도록 노력

유료실버타운협회상

아오키 도모코 · 여성 · 도쿄도 · 아흔두 살

2
부

나의 이 센류
당선되기 전까지
노망 못 나지

미야노 가쓰히로 · 남성 · 이시카와현 · 예순여덟 살

35

잠꼬대로는
한번씩 좋은 시구
읊는다 한다

복덩이 · 남성 · 와카야마현 · 예순일곱 살

늘 실패 없는
할아버지 전매특허
자기비하 유머

준스케 · 여성 · 오사카부 · 마흔아홉 살

할아버지 기절초풍

할머니 말 듣고

*심쿵사했다는

이가라시 유타카 · 남성 · 사이타마현 · 쉰세 살

* 죽을 만큼 몹시 좋거나 설렌다는 뜻의 신조어.

셀프 계산대 앞
얼어붙은 사람들
죄다 할배 들

모리오 히로시 · 남성 · 후쿠오카현 · 예순한 살

할아버지
내 이름 부르시며
개 쓰다듬네

외계인 발탄 · 여성 · 가나가와현 · 마흔두 살

유언장 펼치니
첫 줄에 적혀 있는
반려견 이름

안도 가즈아키 · 남성 · 나가노현 · 서른일곱 살

43

노인 지원금
감사히 받겠지만
투표는 별개

후나야마 잇세이 · 남성 · 야마가타현 · 아흔 살

어렵구나 손주 이름
더 어렵구나
증손주 이름

이타쿠라 쓰네코 · 여성 · 시즈오카현 · 아흔세 살

손주에게 외친다
「마음껏 쓸어 담아!」
다이소에서

다케우치 데루미 · 여성 · 히로시마현 · 예순여섯 살

전화 오는 건
얼굴조차 모르는
손주뿐이다

이노마타 미에코 · 여성 · 도쿄도 · 일흔다섯 살

오래간만에
마스크를 벗으면
손주가 운다

타이거 마스크 · 남성 · 시가현 · 쉰다섯 살

「*인급동가자!」
인사동 갈 채비하는
우리 할아버지

SK카피 씨 · 남성 · 가나가와현 · 마흔두 살

* '인기 급상승 동영상'의 준말.

산 정상 도착
크게 숨 들이쉬다
콜록대는 할아버지

겐짱 · 여성 · 기후현 · 스물일곱 살

할배 할매가
불쑥불쑥 나오는
줌 회의 화면

곳초 씨 · 남성 · 사이타마현 · 여든두 살

침묵의 식사*
시키지 않아도
우린 이미 하는 중

히비노 쓰토무 · 남성 · 기후현 · 여든한 살

* 코로나19 팬데믹 시기에 비말 감염을 막기 위해
일본에서는 침묵의 식사를 권장하였다.

나이 먹으면
둥글어진다는 말
어쩌면 거짓말

스에노 유리 · 여성 · 도쿄도 · 마흔다섯 살

마음껏 보정했더니
퇴짜 맞아버린
내 영정 사진

와쿠이 에쓰코 · 여성 · 니가타현 · 예순여섯 살

사람들이 유난히
고개를 갸웃대는
영정사진이 있다

잡동사니 · 남성 · 오사카부 · 여든세 살

물건 정리
하려다가 시작된
유품 나눔 행사

은방울꽃 · 여성 · 가나가와현 · 서른세 살

3
부

끝이 없구나
*영구 지속 가능한
아내 잔소리

고에몬 · 남성 · 가나가와현 · 쉰아홉 살

내일도 내가
지속 가능할지는
알 수 없다네

가도모리 레이코 · 여성 · 시마네현 · 쉰네 살

아내 이름을
불렀던 것 같은데
고양이가 왔다

자린도 · 남성 · 후쿠오카현 · 일흔두 살

우리 마누라
옛날엔 미녀
지금은 마녀

곤도 게이스케 · 남성 · 와카야마현 · 일흔 살

저승에서는
말도 걸지 말라는
아내의 엄명

웃음 할아버지 · 남성 · 가나가와현 · 일흔여섯 살

머리도 없는데
이발소 왜 가느냐
아내가 묻는다

콩 넝쿨 · 남성 · 가나가와현 · 여든한 살

정수리 보고
이름표 보고
「오, 자네인가」

시정인 · 남성 · 에히메현 · 일흔한 살

동창회에서
이름 맞히기 놀이로
모두가 화기애애

마에다 오사무 · 남성 · 가나가와현 · 일흔아홉 살

이대로라면
치아도 머리카락도
지속 불가능

아다치 유키 · 여성 · 효고현 · 마흔여섯 살

그때 뽑은
흰머리
지금 아쉬워

하루루 · 여성 · 도쿄도 · 일흔 살

누구신지요?
거울 들여다보니
다름 아닌 나

이소베 후지오 · 남성 · 니가타현 · 일흔세 살

내가 레전드라고?
이제 꽤 늙었다는
생각이 든다

쓰다 아야코 · 여성 · 도쿄도 · 쉰아홉 살

오늘로 일곱 명째

걸려온 모르는 전화

아들이라며

호로로 · 여성 · 도쿄도 · 쉰네 살

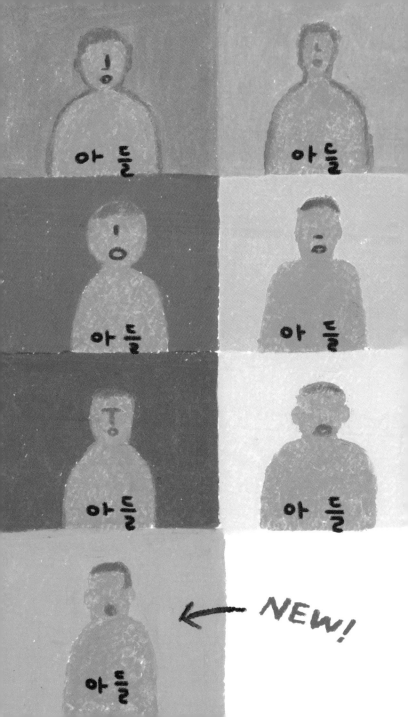

보이스 피싱
당할 정도의 돈이
내 통장엔 없다

몽연사(夢恋士) · 남성 · 이바라키현 · 일흔한 살

들었던 것 같은데
알았던 것 같은데
했던 것 같은데

세키네 가즈오·남성·사이타마현·예순아홉 살

전자레인지
땡, 울린 알람 소리
어, 뭘 데웠지?

데라이시 야에코 · 여성 · 고치현 · 일흔네 살

치매 예방차
구입한 그 책
벌써 세 권째

무라타 도모코 · 여성 · 야마구치현 · 쉰두 살

비밀번호를
메모지에 써놔도
뭐가 뭔지 원

루바바 · 남성 · 나가노현 · 서른한 살

엄마가 말한

저기 있는 저거란

어디 있는 뭘까?

이미기 히토미 · 여성 · 시즈오카현 · 쉰두 살

세탁기 속 틀니
빙글빙글 도는
어라 어디 갔지?

야마다 다쓰미 · 여성 · 도쿄도 · 일흔여덟 살

한입 가득히
베어 물고 싶지만
전부 다 틀니

가토 요시아키 · 남성 · 지바현 · 일흔다섯 살

노래방에서
후렴구 열창 도중
빠져버린 틀니

이량 · 남성 · 사이타마현 · 쉰여섯 살

초고층 빌딩
고개 들어 보다가
자빠질 위기

마도케이 · 남성 · 도쿄도 · 쉰일곱 살

카톡 보내고
1이 사라진 걸로
안부를 확인

사오 할아버지·남성·가나가와현·예순다섯 살

얼굴은 기억 남
사흘 정도 지나야
이름도 기억 남

고토 요코 · 여성 · 오이타현 · 예순일곱 살

4
부

나는 치 수집가
기계치 숫자치
길치 방향치

유후코 · 여성 · 교토부 · 일흔세 살

셀프 계산대
날 보고 다가오려
준비하는 직원

MS · 남성 · 지바현 · 예순한 살

셀프 계산대
가까이도 안 가요
할 줄 몰라요

미야타 지즈에 · 여성 · 사이타마현 · 예순여섯 살

산책하는 길
경로를 바꿨다간
못 돌아온다

이케하라 준코 · 여성 · 오키나와현 · 일흔두 살

백화점에서
화장실 다녀오자
미아가 됐다

바다 달마 · 여성 · 미에현 · 예순두 살

사흘 연휴보다
기다려지는
세일하는 날

신이치 · 남성 · 후쿠오카현 · 일흔 살

여덟 시라면
가게 문 진작 닫고
자고 있을 시간

나카무라 다카코 · 여성 · 미야자키현 · 마흔다섯 살

뜨는 해보다
우는 닭보다
빠른 내 아침

호시 아라타 · 남성 · 오사카부 · 예순세 살

심쿵했다고
말하면 심장 질환
의심받는다

다카베 요시쿠니 · 남성 · 도쿄도 · 예순아홉 살

신경 쓰는 것
옛날에는 인맥
지금은 맥박

야마노 다이스케 · 남성 · 오사카부 · 마흔여섯 살

볼링장에서
멋진 폼 따라 하다
허리가 삐끗

유메히코 · 남성 · 사이타마현 · 일흔여덟 살

여기 병실인데
찍으니 걱정된다
자식이 내 사진

허름한 숙소 관리인·남성·오사카부·쉰다섯 살

안 나가면 귀찮다고
나가면 싸다닌다고
뭘 해도 혼난다

야스모토 하지메 · 남성 · 시즈오카현 · 일흔두 살

지켜보는 게
어느 순간 감시로
변해버렸다

소시 다카시 · 남성 · 미야자키현 · 일흔한 살

여권이라면

지금은 백신 여권

뿐이로구나

우에무라 에미 · 여성 · 가나가와현 · 마흔여섯 살

생길까 안 생길까 남편과 내기하는 백신 부작용

하카마다 나쓰키 · 여성 · 시즈오카현 · 서른세 살

이젠 까먹어도

괜찮지 않으려나

남편의 기일

Y˚B · 여성 · 교토부 · 일흔세 살

「저기, 아가씨」
그 말에 집어 든
미백 에센스

히라타 유코 · 여성 · 지바현 · 마흔일곱 살

동안이라는
말 듣고 실감한
마스크 효과

기요오카 지에코·여성·오사카부·일흔다섯 살

명필 뺨치는
「금연」 글자 보면서
다시 한 개비

다나카 미노루 · 남성 · 구마모토현 · 일흔두 살

지병도 없고
먹는 약도 없으면
할 애기도 없음

가미카와 기요아키 · 남성 · 교토부 · 일흔 살

AI에게 내 남은 수명 물어본다

이호리 마사코 · 여성 · 나라현 · 예순여덟 살

아 늙었네

하지만 괜찮아

다 늙었어

사양꼬 · 여성 · 사이타마현 · 일흔두 살

최고령 응모자는 108세 할머니

'실버 센류'는 가볍게 도전할 수 있는 센류 창작을 통해 나이 듦을 긍정적으로 받아들이고 즐겨주시기를 바라는 마음으로, 어르신들에게 활력을 불어넣고자 공익사단법인 전국유료실버타운협회에서 2001년부터 매해 개최하고 있는 공모전 이름입니다. 지금까지 전국에서 응모된 작품 수는 23만 편이 넘습니다.

이 책에는 2023년 응모작에서 선정한 입선작 20수에 전년도 응모작에서 뽑은 68수를 더해, 총 88수의 작품을 실었습니다. 또 올해부터 신설한 '유료실버타운협회상'을 받은 작품도 함께 실었습니다. '유료실버타운협회상'은 다른 입선작과 마찬가지로 노년을 활기차게 즐기는 내용을 담은 동시에, 유료실버타운의 생활을 주제로 삼은 작품 중에서 선정했습니다.

제23회 유료실버타운협회·실버 센류 공모전에는 총 11,083수의 센류가 접수되었습니다. 그중 남성 응모 자는 64.6퍼센트, 여성 응모자는 34.9퍼센트로 지난해보다 남성의 비율이 높아졌습니다. 응모자의 평균 연령은 66세였으며 최고령은 여성 108세, 남성 102세여서 그야말로 100세 시대의 도래를 실감했습니다. 최연소 응모자는 남녀 모두 11세였습니다.

힘든 날들을 넘기는 유쾌하고 노련한 지혜

주제별 집계에서는 코로나19 팬데믹의 종식으로 사람들이 일상을 되찾아가는 상황을 반영해 '일상생활' '질병·노화·인지력 저하' 등의 주제가 상위에 올랐습니다. 그 가운데 "다섯 시 기상 / 일곱 시 산책하고 / 아홉 시 낮잠", "아픈 데 찾으니 / 여기 저기 거기 / 어라 전부네" 등 많은 분이 "맞아, 나도 그래" 하고 고개를 끄덕일 만한 센류가 입선했습니다.

한편 그런 일상의 풍경에 새로운 키워드를 노련하게 담아낸 작품도 눈에 띄었습니다. "몰래 건네받은 / 고위험 아르바이트 / 손주의 숙제", "동창회 날엔 / 졸업 앨범 가져가 / 얼굴 인증 필수", "일흔 지나니 / 화장실 가는 횟수 / 저세상 차원" 등은 "걸작일세!" 하고 감탄이 절로 나왔습니다.

후지이 소타*의 활약으로 떠들썩했던 장기 대회에서 소재를 얻은 "기사보다도 / 간식이 더 궁금한 / 장기 대회 날", WBC 우승으로 열기가 뜨거웠던 야구계의 영웅들을 주제로 삼은 "쇼헤이 또는 / 로키로 하자꾸나 / 손주 이름은"** 등의 작품에서는 세상의 화젯거리에 대한 밝은 감각도 엿보였습니다.

어르신들의 일상과 세태를 그려내는 '실버 센류'. 우리가 살아가는 현실 세계에는 재해나 전쟁 등 힘든 일도 많지만, 그런 가운데서도 센류를 직접 지어보거나 다른 사람의 작품을 읽고 즐기면서 잠시나마 웃는 시간을 가져보시기를 진심으로 바랍니다. 이 한 권의 책이 여러분의 즐거운 생활에 도움이 된다면 더할 나위 없

---

*   일본 프로 장기 대회에서 사상 최초로 8개의 타이틀을 모조리 석권해 돌풍을 일으킨 천재 장기 기사.

** 메이저 리그에서 대활약하고 있는 오타니 쇼헤이 선수와 프로 야구 역사상 최초소 퍼펙트게임을 달성해 화제를 모은 사사키 로키 선수를 말한다. 본문에서는 한국 독자의 이해도를 고려해 "연아 아니면 / 홍민이로 하자꾸나 / 손주 이름은"으로 번역했다.

이 기쁘겠습니다.

마지막으로, 이 책을 출간하며 작품을 신도록 흔쾌히 허락해주신 작가 여러분과 그 가족분들께 깊이 감사 드립니다.

공익사단법인 전국유료실버타운협회,
포푸라샤 편집부

이 책에 수록된 작품은 공익사단법인 전국유료실버타운협회에서 주최한 '유료실버타운협회·실버 센류' 공모전의 입선작과 응모작입니다.

1부: 제23회 입선작

2부~4부: 제22회 응모작

- 1부는 공익사단법인 전국유료실버타운협회에서 선정, 2~4부는 포푸라샤 편집부에서 선정했습니다.
- 작가 이름(필명), 나이, 주소는 응모 당시의 정보로 실었습니다.

공익사단법인 전국유료실버타운협회

유료실버타운 이용자 보호와 사업의 건전한 발전을 목적으로 1982년에 설립되었다. 고령자 복지 향상을 목표로 입주 상담부터 사업자 운영 지원, 입주자 기금 운영, 직원 연수 등 다방면에 걸쳐 활동하고 있으며 후생노동성의 인가를 받았다.

그때 뽑은
흰머리
지금 아쉬워

초판 1쇄 발행 2025년 1월 8일
초판 2쇄 발행 2025년 1월 22일

지은이 공익사단법인 전국유료실버타운협회, 포푸라샤 편집부
옮긴이 이지수
펴낸이 김선준

편집이사 서선행
책임편집 이주영 **편집1팀** 임나리, 천혜진 **디자인** 김예은 **일러스트** 후루타니 미치코
마케팅팀 권두리, 이진규, 신동빈
홍보팀 조아란, 장태수, 이은정, 권희, 유준상, 박미정, 이건희, 박지훈, 송수연
경영관리팀 송현주, 권송이, 정수연

펴낸곳 (주)콘텐츠그룹 포레스트 **출판등록** 2021년 4월 16일 제2021-000079호
주소 서울시 영등포구 여의대로 108 파크원타워1 28층
전화 02) 332-5855 **팩스** 070) 4170-4865
홈페이지 www.forestbooks.co.kr
종이 (주)월드페이퍼 **출력·인쇄·후가공** 더블비 **제본** 책공감

ISBN 979-11-94530-00-8 (03830)

(주)콘텐츠그룹 포레스트는 독자 여러분의 책에 관한 아이디어와 원고 투고를 기다리고 있습니다. 책 출간을 원하시는 분은 이메일 writer@forestbooks.co.kr로 간단한 개요와 취지, 연락처 등을 보내주세요. '독자의 꿈이 이뤄지는 숲, 포레스트'에서 작가의 꿈을 이루세요.